Quels risques êtes-vous prêts à prendre pour le butin parfait ?

Les souris n'ont pas de raison de tenter des sauts en parachute, dites-vous ?

Je suis entièrement d'accord.

Et pourtant, me voici, sur le point de me jeter dans le vide avec seulement un bout de tissu attaché à mon dos.

Mais si cette mission suicidaire se termine en succès ? Le plateau à fromage mythique avec son délicieux Morbier s'offre à nous.

Joignez-vous à l'aventure lorsque notre héros affronte ses peurs dans sa quête pour mettre ses pattes sur le dîner de Noël idéal.

morbier impossible

Morbier Impossible
de R.W. Wallace

Dépôt légal Avril 2021

Couverture par l'auteur
Traduit de l'anglais par Yvon Mathieu et Diego Mathieu
Illustration couverture 115880438 © Victoria Novak | Dreamstime.com
Illustration couverture 140855497 © Sergii Syzonenko | Dreamstime.com

www.rwwallace.com

ISBN: [979-10-95707-69-1]
Prix: 5,99€

Première Edition

AUTEUR DE *LA MAGIE DU PARTAGE*

R. W. WALLACE

Morbier impossible

une nouvelle pour les fêtes

traduit de l'anglais par
Yvon Mathieu
Diego Mathieu

Morbier impossible

Je n'avais pas vraiment pensé que j'avais le vertige avant ce jour. La table de la cuisine ne m'a jamais effrayé ; la table de travail était facile à parcourir et les placards du haut étaient fastoches tant que je restais loin du bord.

Mais maintenant, me voici dans les solives au-dessus du salon, ma queue tremblant de peur et mes pattes se cramponnant nerveusement aux veines du bois, alors que Lana explique pour la centième fois comment utiliser le parachute.

Oui, un parachute. Sur une souris.

Il y a des années, Bibi, l'un de nos ancêtres – j'ai oublié le nombre de générations, les nombres n'ont jamais été mon truc – découvrit sur une image du salon un humain qui descendait lentement du ciel et atterrissait en toute sécurité sur le sol. L'homme portait un casque, des lunettes et un sac à dos pour le parachute. Il était accueilli à bras ouverts par ses amis.

Bibi jura qu'il ferait la même chose pour les souris et que cela changerait radicalement leur vie.

Cela a certainement changé *sa* vie ; il est mort en testant le premier prototype.

Mais avant de passer dans l'au-delà du fromage infini, Bibi transmit sa passion du vol à plusieurs autres souris. Les folles. Celles qui voulaient récupérer la nourriture des humains sur la table de la cuisine plutôt que dans la poubelle. Celles qui pensaient que les souris devraient avoir les meilleures parties du fromage et pas seulement la croûte ou les morceaux moisis. Celles qui pensaient que harceler et fuir le chat était *un jeu.*

Malheureusement, ne pas avoir l'instinct de survie n'est pas la même chose qu'être stupide. Finalement, les souris ont compris comment faire fonctionner le parachute. Elles ont perdu seulement deux autres des leurs lors des essais en vol.

Et maintenant, ici, aujourd'hui, c'est *moi* qui suis censé me jeter dans le vide, avec rien d'autre qu'un fin morceau de tissu pour m'empêcher de m'écraser sur le carrelage du salon.

Voyez, il s'avère que les serviettes de table des humains ont la taille *idéale* pour fabriquer des parachutes pour souris.

Le département de recherche en a chipé un grand nombre aux hommes, dans différentes tailles et matériaux. Les serviettes en papier n'étaient pas assez résistantes, ce que Huba découvrit à son grand regret quand il s'écrasa au sol avec un floc tandis que la serviette descendait doucement derrière lui, se repliant sur elle-même en exécutant une petite danse aérienne. Les serviettes en lin de haute qualité étaient trop lourdes et ne retenaient pas assez bien l'air. Cara eut plus de chance que Huba en ce sens qu'elle survécut à sa chute au ralenti, même si sa patte arrière droite ne serait plus jamais la même.

Les serviettes de tous les jours, en coton, étaient parfaites. Yuba entama une danse de la victoire et s'est vu attribuer un morceau supplémentaire de fromage Joséphine lorsqu'il a élégamment atterri sur les quatre pattes après avoir sauté du vieux réfrigérateur du sous-sol. Le parachute s'était parfaitement ouvert et les ficelles attachées aux quatre coins de la serviette et aux quatre pattes de Yuba avaient tenu sans problème.

Le prototype était validé.

C'est ainsi que le parachute s'est retrouvé sur mon dos. Je fais partie de la meilleure équipe de chasseurs que notre famille ait connue depuis des générations. Notre équipe de quatre membres a réalisé les captures les plus impressionnantes, allant d'une miche de pain entière à deux morceaux de choix de Roquefort. Ce dernier nous a valu l'inscription de nos noms au panthéon des souris.

Il semblait donc tout naturel – à tout le monde sauf à moi – que notre équipe utilise les parachutes pour réussir le braquage de la décennie.

Vous voyez, s'il y a bien une période de l'année qui est particulièrement frustrante pour une souris gourmande, c'est Noël. Les humains ramènent une quantité incroyable de nourriture et c'est plus charnu, plus sucré et plus gras que tout ce qu'ils mangent à tout autre moment.

Cela signifie aussi, bien sûr, qu'il y a plus de restes et plus de déchets. Mais toutes les souris sont pleinement conscientes de ce qu'elles ratent.

Il y a un mythe que les chasseurs aiment se raconter par les froids après-midi d'hiver, en attendant, pour commencer leur travail, que les humains se couchent. C'est l'histoire de Tutu.

Tutu *adorait* la graisse de canard. Il n'en avait jamais assez. A chaque fois que les humains mangeaient du canard, Tutu traînait dans le compost pendant des *jours,* léchant la graisse jusqu'à la dernière goutte. Voir des humains manger du foie gras était pour lui une pure torture. Mais rien – je dis bien *rien* – n'est surveillé d'aussi près que le foie gras. Il est impossible d'y accéder et d'en sortir vivant.

Tutu décida qu'il ne se souciait pas de cet état de fait. Il voulait juste manger du foie gras. Ainsi, lors d'un réveillon du Nouvel An, alors que deux humains préparaient les entrées pour leur dîner de sept plats, Tutu alla chasser dans la cuisine.

En plein jour, en présence des humains.

Il s'en fichait. Il était enveloppé d'une brume de graisse de canard et ne pouvait pas voir plus loin que les tranches de son plat préféré alignées à côté de litchis, de confiture d'oignon et de pain grillé.

Selon la rumeur, l'un des humains l'aperçut alors qu'il se frayait un chemin vers la première tranche et a laissé tomber un piège à souris sur sa tête. Le *clac !* du piège pouvait être entendu dans tout le sous-sol, mais le cri de l'humain était encore plus fort.

La plupart des souris peuvent renoncer au foie gras. C'était le plat préféré de Tutu mais il avait toujours été un peu bizarre. Mais il est une chose qu'une souris ne pourra jamais cesser de convoiter…

Le fromage.

Et quel jour de l'année les humains achètent-ils une quantité inhumaine de ces délices ? A Noël. Il vient après la salade et avant le premier dessert. Plus il y a de personnes invitées à dîner, plus il y a de fromages. Le département de calcul a essayé de trouver une corrélation exacte pendant des années, mais il n'a pas encore trouvé la bonne formule.

Pour moi, savoir que beaucoup d'humains signifie beaucoup de fromages, suffit.

Et cette année, il y en a beaucoup. Au moins quinze d'après les derniers rapports du maître-espion.

Je suis prêt à parier qu'il y aura au moins dix à douze fromages différents.

Et les souris ne pourront mettre leurs pattes sur aucun d'entre eux. Les fromages vont toujours directement du réfrigérateur – dans lequel aucune souris n'a jamais réussi à entrer – sur un grand plateau en bois qui est placé sur la vieille table branlante dans le coin du salon.

Il n'y a aucun moyen pour une souris d'accéder à cette table. Certaines ont réussi à grimper le long des pattes, mais il n'y a pas moyen d'atteindre le bord du plateau. Elles tombent toujours au sol. On ne peut pas non plus sauter sur la table de n'importe quel endroit à l'entour, car tout est *un poil* trop loin.

Le seul moyen d'accéder à cette table serait d'arriver d'en haut.

D'où l'idée des parachutes.

– Maintenant, souviens-toi, me dit Lana en nouant le bout d'une ficelle sur ma patte. Tu sautes, puis tu tires – tout de suite ! – et le parachute s'ouvrira.

Elle a du mal à me regarder dans les yeux, vu que son casque descend devant ses yeux, mais elle ne semble pas s'en inquiéter outre mesure.

Savez-vous que les noisettes ont la taille idéale pour fabriquer des casques pour souris ?

Eh bien, le département de recherche a tout compris. Un autre morceau de ficelle sous le menton et, *tada !* Nous avons des casques comme l'humain sur la photo.

Heureusement, personne n'a trouvé comment fabriquer des lunettes.

Mon casque me frotte les oreilles et n'est pas loin de tomber devant mes yeux, mais je ne vais pas l'enlever. Je ne crois pas *vraiment* qu'il me protégera de quoi que ce soit. Il a plus de chance de me casser le cou que tout autre chose, mais je pense aussi qu'on ne sait jamais. Et si jamais je me trouvais dans une situation où le casque me sauverait ? Donc, je le garde.

– Cela ne fonctionnera pas, Lana, dis-je. Ce plateau reste sans surveillance pendant quinze minutes au maximum. Nous n'aurons pas le temps de faire plus d'un saut. Et personne n'a jamais compris comment diriger le parachute, donc les chances que nous atterrissions réellement *sur* la table sont, je sais pas… N'avons-nous pas demandé au département de calcul de se pencher sur ce problème ? Peut-être que nous devrions abandonner.

Lana me donne une tape distraite sur le museau.

– Dans le pire des cas, nous atterrirons tous les quatre à côté de la table et nous rentrerons les mains vides. Pas de problème. Maintenant, concentration ! La salade est sortie il y a cinq minutes. Le plateau devrait arriver d'une minute à l'autre. Nous devons nous mettre en position.

Nos deux équipiers sont sur la poutre voisine. Nous avons décidé de nous séparer car aucune poutre n'est *directement* au-dessus de la table et nous n'avons aucune idée du comportement des parachutes dans un si grand espace.

Sauter d'un réfrigérateur à hauteur d'homme ou d'une solive à cinq mètres n'est pas vraiment la même chose.

N'y pensons pas.

Lana s'installe aussi loin que possible sur la poutre sans se mettre en danger de tomber. Je m'arrête à environ un mètre devant elle. Nous agitons les bras pour signaler que nous sommes prêts à nos coéquipiers et nous nous installons pour attendre.

Cela ne prend pas longtemps. Alors qu'il y a une vague de bruit provenant des humains à l'autre bout du grand salon, un humain aux longs cheveux noirs entre dans la cuisine.

Elle porte un plateau comme je n'en ai jamais vu.

– Je compte quatorze fromages, dit Lana avec admiration. Il n'y en a *jamais* eu autant auparavant. Sacré fromage, que j'ai faim !

J'en ai l'eau à la bouche à l'approche de la fête. L'humain pose le plateau sur la table, ajuste la position de l'un des bleus et rejoint le reste du groupe attablé.

Très bien, les amis ! crie Lana en faisant signe à nos compagnons. Nous avons quinze minutes. C'est parti !

Et elle saute de la poutre en bois, bouche grande ouverte et dents luisantes, ses yeux brillants de l'excitation de la chasse.

Elle tire sur la corde...et le parachute s'ouvre.

Du haut de l'autre poutre, je vois les deux autres chasseurs se jeter dans le vide, l'un les yeux fermés et l'autre serrant si fort la ficelle dans sa patte que je peux la voir trembler sous la tension d'où je me tiens.

Trois parachutes déployés.

Plus que moi.

Je ne veux vraiment, vraiment pas faire ça.

Mais je ne peux pas laisser tomber mon équipe ; je ne peux pas les laisser prendre tous les risques sans moi. Alors je ferme les yeux ; je m'assure de tenir la corde de déploiement fermement dans une patte.

Et je saute.

Cela n'a *rien à voir* avec sauter du vieux réfrigérateur.

Je peux sentir qu'il n'y a rien de ferme autour de moi, juste beaucoup d'espace vide et le plancher de bois qui s'approche inévitablement. Ma fourrure ondule autour de mon corps et la ficelle sous mon menton s'enfonce littéralement dans ma gorge alors que le casque essaie de faire office de parachute.

Je tire sur la corde de déploiement.

Mon corps tout entier tremble alors que le parachute se déploie et ma descente est brusquement ralentie. Puis je me retrouve balancé doucement d'avant en arrière et je trouve enfin le courage d'ouvrir les yeux.

De l'autre côté de la pièce, les humains continuent leur fête, aucun d'entre eux ne regardant dans notre direction. En dessous de moi, le plateau de fromages, déjà beaucoup plus proche qu'avant.

Et à ma droite, une porte s'ouvre en claquant contre le mur.

Une rafale d'air froid balaie la pièce, faisant hurler plusieurs des humains qui manifestent leur mécontentement au grand humain aux cheveux courts qui franchit la porte.

Je me balance un peu sous mon parachute, mais rien de bien inquiétant.

Mes coéquipiers, cependant, ne sont pas aussi chanceux.

Ils subissent de plein fouet le souffle de la porte. Lana est projetée contre le mur, son casque faisant un *clong* sourd à l'impact. Le parachute se dégonfle partiellement, mais il ralentit sa descente le long du mur jusqu'au sol.

Elle frappe le bois dur avec un léger couinement.

Nunu n'a pas cette chance. La rafale de vent lui fait faire plusieurs tours autour du parachute – de bas en haut, au moins trois fois – et quand elle heurte le mur, le parachute se dégonfle complètement, la faisant tomber en chute libre d'au moins la hauteur du réfrigérateur du sous-sol.

Elle ne fait aucun bruit. Je suis inquiet.

Mon dernier coéquipier, Enzo, était assez loin du mur pour ne pas s'y cogner, mais il a perdu sa trajectoire. Il n'atterrira pas sur la table.

La porte se ferme et tout se calme. Pour autant que je sache, aucun des humains n'a vu les quatre souris se diriger vers le plateau de fromages.

Je n'ai pas du tout été éloigné par cette rafale. Bien au contraire, en fait.

Quelques instants plus tard, j'atterris au beau milieu du plateau, juste au-dessus du Camembert. Un frisson parcourt mes pattes alors que je sens la douce croûte sous mes coussinets.

J'ai atterri au paradis.

Je m'active pour détacher le parachute et, alors que l'adrénaline du vol s'estompe, j'entends des couinements.

Je reconnais Lana et ses jurons préférés quand quelque chose ne va pas comme prévu. Et quelqu'un hurle de douleur. Je ne sais pas dire si c'est Enzo ou Nunu mais, en me souvenant de leur descente, je pense que c'est probablement Nunu.

Au moins, elle n'est pas morte.

Je m'extirpe des ficelles, saute du camembert et cours au bord de la table pour voir mes amis.

Enzo vient tout juste d'atterrir et travaille à se libérer, mais il a des problèmes avec l'une de ses pattes postérieures.

Nunu est allongée près du mur, son parachute toujours attaché et inutile et son petit corps velu se tord de douleur. Lana la rejoint, son parachute toujours attaché à une patte traînant derrière elle.

Je dois aller là-bas et les aider avec Nunu.

– Ne pense même pas à venir ici sans fromage ! Lana m'apostrophe. Je prends soin de Nunu. Toi, tu t'occupes de la nourriture.

– Mais…

Je me secoue, essayant de me concentrer.

La nourriture.

Nous sommes venus ici et avons pris de très gros risques, juste pour pouvoir mettre nos pattes sur ce délicieux fromage. Maintenant, j'y suis, sur ce plateau de fromages légendaire, mais mon ami est à l'agonie par terre.

– Nous nous occupons d'elle, crie Enzo.

Il a rejoint les deux autres et détache rapidement les cordes de parachute des pattes de Nunu.

– *Prends le fromage* !

Bien, je prendrai le fromage.

Je retourne au plateau.

Il y a tellement de choix ! Par où commencer ?

La grande Tomme, c'est hors de question. Même si on avait été à quatre, on n'aurait pas pu la déplacer. Le Roquefort est tellement vieux qu'il s'effrite déjà. Je peux en emporter, mais seulement ce que je peux mettre dans mes pattes. Donc presque rien.

Il y a un Morbier – oh là là, un Morbier –, mon fromage *préféré*. C'est crémeux et moelleux et plus doux que le beurre. Sa couche de cendres caractéristique lui donne cette petite touche supplémentaire à laquelle je ne peux tout simplement pas résister.

Vraiment, je ne peux pas résister.

Je cours jusqu'à lui, en croque un petit morceau et le gobe.

Puis je retourne au travail. Autant que je puisse aimer le Morbier, je ne pourrai pas le pousser tout seul au bout de la table et nous ne pourrons pas non plus le mettre hors de vue avant le retour des humains.

Les humains !

Je descends du plateau. Nous étions censés être quatre, trois pour voler le fromage et un pour surveiller. Comment pourrais-je tout faire tout seul ?

Les humains sont toujours à table. Certains mangent encore, mais la plupart sont assis à distance respectueuse de la table, bien appuyés au dossier de leur chaise, laissant de la place pour leur panse rebondie.

Ma résolution se renforce. J'aurai, moi aussi, la panse rebondie avant la fin de la nuit. Vous allez voir ce que vous allez voir !

Je dois choisir une cible. Je sprinte dans tous les sens sur le plateau, je ne peux tout simplement pas en trouver un qui soit assez petit pour que je puisse me débrouiller seul.

Jusqu'à ce que je découvre le fromage de chèvre.

C'est juste la bonne taille. Un cylindre qui mesure à peu près un centimètre d'épaisseur et un diamètre un peu inférieure à ma propre taille. C'est plutôt léger, je devrais donc pouvoir le soulever sur son bord.

Je teste ma théorie et constate que, oui, je peux le soulever. Puis je me précipite vers le bord de la table pour alerter mes amis.

Ils ont fabriqué une civière avec l'un des parachutes et mis Nunu dessus. Enzo a hissé une corde sur son épaule et pendant que je regarde, il tire la civière vers l'avant tandis que Lana pousse à l'arrière. Et la civière avance.

– Eh les gars ! Je pense que je peux avoir un fromage de chèvre. Qu'est-ce qu'on fait ?

Lana me regarde en poussant.

– Nous devons d'abord mettre Nunu en sécurité, dit-elle. Mais je reviendrai pour t'aider à rapatrier le fromage. Fais-le descendre de la table pendant que nous sommes partis !

La civière se déplace un peu plus vite maintenant et ils visent directement l'entrée de notre repaire, derrière le buffet du salon. J'inspecte la pièce pour m'assurer que le chemin est libre.

– Le chat arrive !

La panique fait dérailler ma voix encore plus que d'habitude. Nunu se serait moquée de moi si elle ne se tordait pas de douleur sur cette civière là-bas.

Le chat – cette horrible, énorme, diabolique bête rousse et brune – se tient dans la chatière menant au garage, ses yeux bleus perçants et ses moustaches tremblantes.

Mes coéquipiers le voient aussi. Aucun de nous n'ose dire un mot de plus car l'ouïe du monstre est très fine. Ils accélèrent cependant, en tirant et en poussant le brancard sur le sol aussi vite que possible.

A moins d'abandonner le fromage et de sauter de la table, je ne peux rien faire pour aider mes amis en ce moment. Alors, même si mon instinct me dicte *de courir, courir !* je retourne au fromage de chèvre et me mets au travail.

Je le pousse sur son bord et commence à le faire rouler sur le plateau. C'est tellement simple que je me demande si je ne devrais pas en essayer un deuxième.

Le chat, qui traverse la pièce, interrompt cette pensée brutalement.

Il a repéré les souris en fuite. Elles sont pourtant si près du but !

Enzo tire de toutes ses forces, son casque abandonné à mi-chemin sur le parquet. Les jambes de Lana bougent si vite qu'elles n'accrochent pas vraiment le bois et elle finit par tourner sur place.

Le chat est déjà à mi-chemin.

Ils n'y arriveront pas.

Je crie le plus fort possible.

Le chat s'arrête, ses oreilles dirigées vers moi.

Ayant clairement perdu tout bon sens, je me dresse sur mes pattes arrière et lui fais un signe de la patte.

– Pourquoi n'essayez-vous pas de m'attraper, grand voyou ? C'est moi qui vole le fromage, après tout !

Sur cette pensée, je donne une dernière poussée au fromage de chèvre et il tombe du bord de la table.

Il atterrit avec un doux splash. Il est possible que je n'arrive pas à le faire rouler sur le sol aussi facilement que sur la table.

Puis je me focalise sur la survie car le chat a accepté mon défi.

Il bondit vers moi, le meurtre dans ses yeux.

Je suis sur le point de sauter de la table quand je vois les humains bouger. Quelqu'un a vu le chat traverser la pièce et se demande ce qui se passe.

S'ils voient une souris courir sur le sol, ils ne s'opposeront certainement pas à ce que le chat ''fasse son travail ''. Ils l'aideront sûrement à faire le job.

S'ils ne savent pas que je suis ici, cependant....

Je retourne au plateau de fromages. Si je me souviens bien… oui, juste là !

Le Crottin du Cocumont. Quelqu'un a déjà coupé une portion. J'ai de la place pour me cacher. La croûte est de la même couleur que ma fourrure grise. Donc, si j'ai de la chance, il peut sembler qu'il n'y ait qu'un gros cylindre de fromage à croûte gris de suie et pas de souris.

Je me précipite dans la coupe du fromage en forme de V juste au moment où le chat saute sur la table et l'un des humains crie.

Je fais de mon mieux pour ne pas bouger.

Au début, la difficulté, pour moi, c'est de ne pas trembler de peur. Mais quand mon nez réalise où je me trouve, mon cerveau disjoncte.

Je suis entouré de fromage de tous côtés. C'est doux, c'est poreux, c'est juteux, c'est juste…la perfection !

Honnêtement, si je dois mourir aujourd'hui, autant que ce soit ici.

Je commence à comprendre Tutu et son foie gras.

Attentif à ne pas déplacer le reste de mon corps, j'essaie de placer ma tête pour mordre un morceau de fromage...mais je suis bloqué par le casque, le casque-noisette stupide et ridicule qu'ils nous ont fait porter.

Je suis ramené brutalement au présent quand le plateau entier est secoué par l'arrivée du chat.

– Oh, je crois pas, non !

C'est l'un des humains qui habite ici. Mon plan pourrait-il fonctionner ?

– Pssssch, descends de la table. Ce fromage n'est pas pour toi, tu as ton dîner de Noël à la cuisine. Pssssch !

Levant légèrement la tête, j'entrevois l'humain qui soulève de force le chat, toutes griffes dehors et les yeux fous. Je suis tenté de saluer à nouveau, mais cette fois, je m'abstiens.

– Je suppose que c'est l'heure du fromage, s'exclame l'humaine depuis la cuisine une fois qu'elle s'est débarrassée du chat. Vous êtes prêts ?

Oh non ! Être sur *cette* table est déjà assez risqué, mais si je me retrouve sur la *grande* table où il y a plus d'une douzaine d'humains, je suis grillé.

Je n'ai jamais bougé aussi vite de ma vie.

Je me précipite hors du Crottin et me dirige vers le bord de la table, tellement pressé que je ne remarque pas qu'une de mes pattes arrière se coince dans une ficelle de mon parachute avant que celui-ci n'amortisse ma chute sur le plancher.

– C'est bien, tu as pensé à supprimer les preuves !

Lana est de retour et elle est toute à ses affaires.

Alors que j'essaie de me remettre de ma chute – d'accord, j'admets que le casque est finalement bien pratique –, elle attrape le parachute et l'étale sous le fromage de chèvre, à quelques pas de moi. Il a maintenant plus la forme d'une demi-lune que d'une pleine lune, mais ça reste un fromage de chèvre entier.

– Allons-y, me crie-t-elle et elle commence à avancer avec les cordes sur les épaules.

Je me précipite à sa suite et je pousse notre butin devant moi comme nous fonçons pour nous mettre à couvert.

– Ce sont deux *souris, là-bas, qui* tirent une serviette sur le sol ? Et elles portent des *casques* ?

La peur m'immobilise en entendant la voix humaine, mais Lana m'ordonne de continuer à pousser.

– Ne sois pas idiot, Didier. T'as trop bu !

– C'est que mon deuxième verre !

– Deuxième verre de rouge ! Il y a eu le blanc avant ça et le Muscat à l'apéro...

Les rires et les voix s'estompent quand nous passons à travers le trou sous le buffet.

On l'a fait.

Cette nuit-là, nos noms sont inscrits au panthéon des souris pour la deuxième fois.

C'est la première fois – j'ai vérifié auprès des historiens – que quelqu'un ramène *un fromage entier.*

Il est un peu bosselé, mais tellement délicieux que tous les membres de la famille nous remercient quand ils le goûtent.

J'ai mis mon casque dans une niche du mur et Lana l'a décoré avec un emballage de papillote qu'elle a trouvé près de l'évier de la cuisine. Cela ressemble un peu aux décorations que les humains ont installées pour Noël.

Et cette année, nous avons aussi eu notre festin.

UN MOT DE L'AUTEUR

Encore une nouvelle traduite en français ! Toujours grâce à mon beau-père et à mon conjoint, que je remercie du fond du cœur. Ils font des efforts pour produire du bon français, et j'arrive ensuite pour tout remettre comme je veux… L'effort de mon beau-père est d'autant plus méritoire sur cette histoire qu'il déteste le fromage, sous toutes ses formes !

Je me suis beaucoup amusée à écrire *Morbier Impossible*. Ces souris, avec rien que du fromage (ou du foie gras) en tête, prêtes à tout pour obtenir leur butin. Légère inspiration de la souris que je regardais se promener dans notre cuisine un jour — sauf qu'elle a fini dans un piège. Il y avait du sang partout, c'était horrible. Je laisse désormais la chasse aux souris aux autres membres de la famille.

Si vous ne l'avez pas déjà lu, je vous invite à essayer la nouvelle *La magie du partage*. Encore une histoire de Noël, cette fois en Norvège.

Et d'autres nouvelles traduites ne vont pas tarder à sortir !

R.W. Wallace

www.rwwallace.com

Par le même auteur (en français)

Nouvelles autour des fêtes

La magie du partage

Morbier impossible

Par le même auteur (en anglais)

Mystery

The Tolosa Mystery Series

The Red Brick Haze (free)

The Red Brick Cellars

The Red Brick Basilica

Ghost Detective Shorts

Just Desserts

Lost Friends

Family Bonds

Common Ground

Till Death

Family History

Heritage

Eternal Bond

New Beginnings

Short Stories

Cold Blue Eternity

Hidden Horrors

Critters

Gertrude and the Trojan Horse

First Impressions

Let Them Eat Cake

Out of Sight

Sitting Duck

Two's Company

Like Mother Like Daughter

Fantasy (short stories)

Unexpected Consequences

Morbier Impossible

A Second Chance

Science Fiction (short stories)

The Vanguard

Lollapalooza Shorts

Quarantine

Common Enemies

Coiled Danger

Mars Meeting

Adventure (short stories)

Size Matters

www.ingramcontent.com/pod-product-compliance
Ingram Content Group UK Ltd.
Pitfield, Milton Keynes, MK11 3LW, UK
UKHW040014200726
13854UKWH00001B/197

9 791095 707691